LECTORUM
PUBLICATIONS, INC.
555 BROADWAY, NEW YORK, NY 10012-3919

Originally published in English under the title
It Could Have Been Worse
Text © 1998 A.H. Benjamin
Illustrations © 1998 Tim Warnes

A.H. Benjamin and Tim Warnes have asserted their rights to be identified as the author and illustrator of this work under the Copyright, Designs and Patents Act, 1988.

1-880507-40-4

Printed in Mexico   49

10 9 8 7 6 5 4 3 2

Benjamin, A.H., 1950-
    [It could have been worse. Spanish]
    Podría haber sido peor/A.H. Benjamin; ilustrado por Tim Warnes; traducido por Teresa Mlawer.
        p. cm.
    Summary: While walking home, an "unlucky" mouse suffers minor mishaps which repeatedly save him from being eaten by various animals.
    ISBN 1-880507-40-4 (alk. paper)
    [1. Mice--Fiction. 2. Luck--Fiction. 3. Spanish language materials.] I. Warnes, Tim, ill.
II. Mlawer, Teresa III. Title.
[PZ73.B3918 1998]
[E]--dc21   97-32328
                                                              CIP
                                                              AC

Para Sue y Paul
A.H.B.
Para Jeff
T.W.

PODRÍA HABER SIDO PEOR...

Por A.H. Benjamin
Ilustrado por Tim Warnes
Traducido por Teresa Mlawer

Ratoncito iba de camino a la casa,
después de visitar a su primo en la ciudad,
cuando...

¡uyyyyyy!

Perdió el equilibrio
y cayó al suelo.

—¡Ay! —dijo Ratoncito—.
Hoy no es mi día.

¡Pero, podría haber
sido peor!

Ratoncito se levantó
y continuó su camino.
Llegó a un campo abierto
y se escurrió entre la hierba,
cuando...

¡CATAPLUM!

Se cayó en un hoyo
y desapareció.

—¿Por qué las cosas malas *siempre* me suceden a mí? —se lamentó Ratoncito.

¡Pero, podría haber sido peor!

Ratoncito salió como pudo del hoyo
y continuó su camino nuevamente.

—Voy a descansar un rato —dijo.
Encontró un lugar cómodo y agradable
cuando...

¡Ayyyyyy!

Se sentó sobre un cardo
y salió volando por el aire.

—¡Todo me sucede a mí!
—refunfuñó Ratoncito mientras
se sacaba una a una las espinas.

¡Pero, podría haber sido peor!

Ratoncito bajó por la colina hasta llegar a la orilla del río. Decidió cruzarlo saltando de roca en roca, cuando...

¡PLAF!

Cayó al agua.

—¡A ver si me da una pulmonía!
—dijo Ratoncito.

¡Pero, podría haber sido peor!

Ratoncito chapoteó hasta llegar
a la orilla y logró salir del agua.

Se sacudió para secarse. Estaba
a punto de saltar desde una rama,
cuando...

¡RECÓRCHOLIS!

No pisó firme y se
resbaló cuesta abajo.

—Mañana voy a estar
todo amoratado
—se lamentó Ratoncito.

¡Pero, podría haber sido peor!

Ratoncito logró ponerse de pie
y corrió todo el camino a casa.

—¡Vaya qué día! —le dijo a su mamá
mientras ella le curaba las heridas—.
Me caí en un hoyo, me mojé en el río y...
—No te preocupes, hijo —le dijo su mamá...

¡Podría haber sido *mucho* peor!